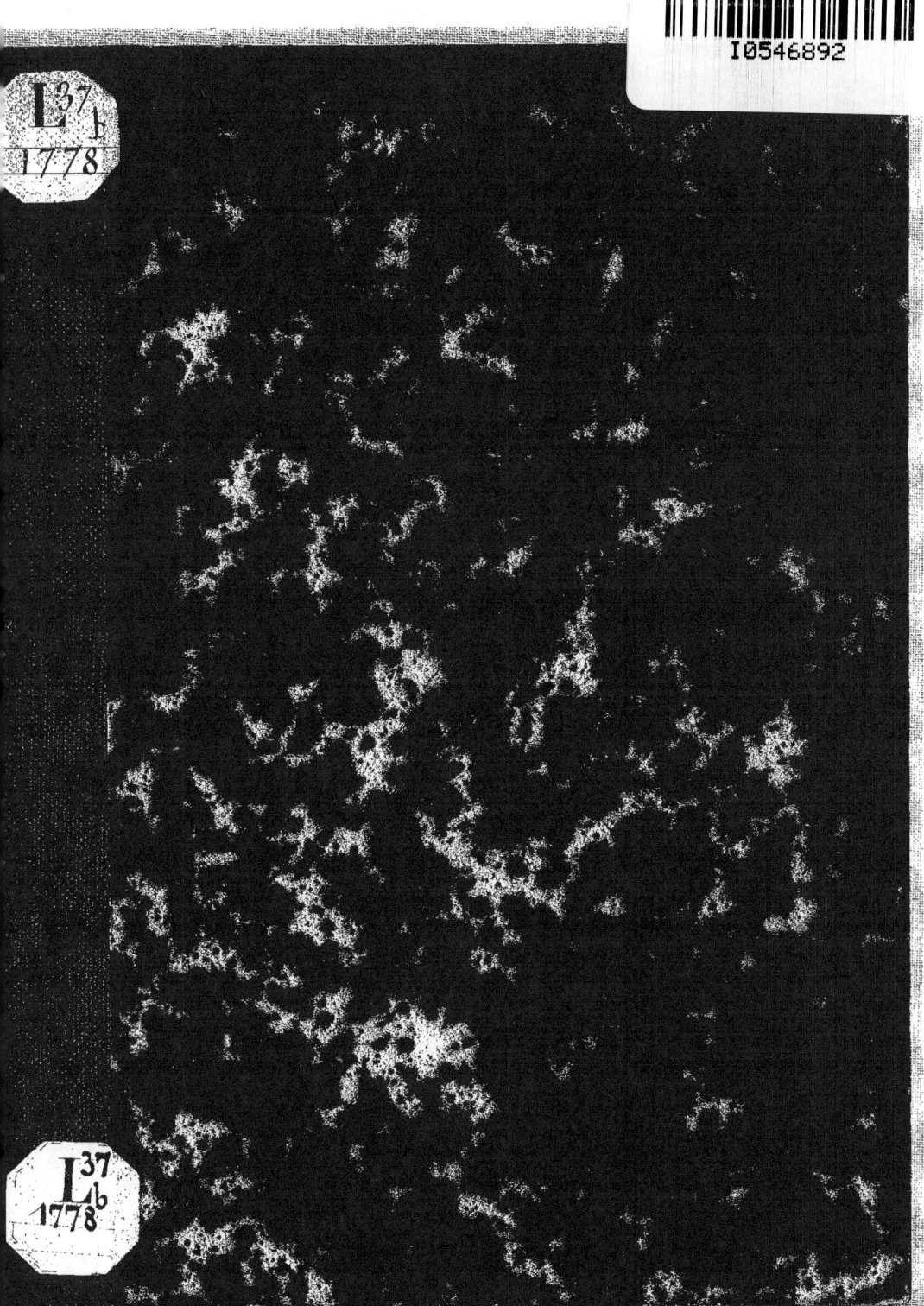

L'ARIADNE

MISTERIEVSE ET

MISTIQVE

DE MADAME
LA PRINCESSE·

M· DC· LI

L'Ariadne misterieuse & mistique de Madame la Princesse.

M ADAME,

Ce n'est pas d'auiourd'huy que nous considerons auec estonnement l'impitoyable Fortune exercer si souuent son aueugle puissance sur les plus grands Monarques, & les plus signalez Princes de l'Vniuers. Ce n'est pas aussi sans raison que sa bizarerie nous fait quelque fois mur-murer, en exagerant les causes & les motifs qui font ge-mir & languir la vertu & l'innocence sous le faix insu-portable de l'iniustice & de la violence des Tyrans. Les siecles passez ne nous marquent que des Herodes parue-nus au poinct d'vne mescognoissance & d'vne ingrati-tude si denaturée, que d'insulter & vouloir oster la vie à celuy qui en est l'Auteur: Nous n'y voyons que des Achys, des Achabs, des Nerons, des Buzirs, & des Pha-laris, mettant en vsage toute sorte de cruauté, contre les personnes consommées dans la cognoissance & la

pratique des vertus, les plus rares & les plus eminentes.
Et sans emprunter les exemples des siecles si esloignez, le
nostre ne souffre-t'il pas la honte & la confusion d'auoir
produit tout ressentement non pas vn monstre marin,
mais Mazarin, qui n'a veu le iour qu'auec nostre malheur ; Monstre que la France deuoit auoir estouffé dan
le berceau, sans souffrir qu'il fut esleué, nourry & rougy
du sang le plus pur de tout le Royaume. Ce qui a fait
que la Gent Françoise qui a tousiours surpassé & sur-
passera toutes les autres Nations en vertus ciuilles & na-
turelles, s'est renduë ridicule à ses voisins & mesprisable
à la posterité. Mais, MADAME, pouuoit-il tomber
dans la pensée humaine, qu'vn rejetton de la bastarde
du Moine Buffalini, qu'vn rebut d'Italie, qu'vne en-
geance de vipere, qui a voulu tuer la mere qui luy a donné l'estre, mettroit dans les fers & sous les barres trois
Princes du sang Royal, sans aucun sujet ny forme de
Iustice. Qui a iamais eu des presentimens, qu'vn lâche &
perfide Ministre, se laisseroit emporter par le torrent tu-
multueux d'vne passion desraisonnable? Qu'il fouleroit
aux pieds l'autorité de S. A. R. celle des Arrests d'vn si
Auguste Parlement, & qu'il payeroit le conseruateur de
sa vie, du prix d'vne prison honteuse, sans faire reflexion
sur les seruices de si haute importance, & les actions toutes esclatantes de vertu & de gloire de Monseigneur le
Prince, qui a conserué le Royaume, ruiné & affoibly
celuy des ennemis auec vne si incroyable hardiesse.

Quels

Quels estoient les crimes de Monsieur le Prince de
Conty qu'vne pure chymere? Quels estoient ceux de
Monsieur le Duc de Longueville, que d'auoir par des
trauaux prodigieux, & par vne profusion si grande de
son bien proportionnée & faisant honneur à la gran-
deur Royalle, facilité les moyens d'vne paix generalle,
que le perturbateur du repos public a refusée à toute la
Chrestienté. Il est temps, MADAME, il est temps de
sortir V. A. & la retirer de ces estonnemens, & de considerer que l'experience, la maistresse des choses, nous
fait veoir d'heure à autre, que les plus redoutables Em-
pereurs & les plus valeureux Capitaines du monde, ont
esté si malheureux que d'esprouuer les trahisons, l'ingratitude & la dissimulation des Scelerats & des Trai-
stres, & que le destin de ces illustres Personnages c'est
d'auoir esté frappé par des lâches, dont les noms n'ont *Ignauorũ*
iamais esté cognus à la posterité que par leurs crimes. *telis for-*
tissimes
Tesmoin l'infidelle Pâris, qui iamais ne s'estoit accre- *sepe cade-*
dité que parmy des femmes, ne surprit-il pas le braue *re, dit*
Achylles, le plus fameux & le plus vaillant Capitaine *Tacite.*
de la Grece, en le blessant dans le Temple d'Appollon,
d'vne flesche poussee par vne main tremblante & mal
asseurée, sur vn Heros que la peur n'auoit iamais fait
trembler. Ce qui fit qu'vn certain Indien, nommé
Venys, recommandable par sa dexterité à tirer de
l'arc, que Memnon auoit amené au siege de Troyes la
grande, fut assez vain de dire, apres auoir appris la

mort d'Achille, & la haute eftime qu'il s'eftoit acquife
par fes faicts heroïques, que Pâris feroit fans pair, fi
Venys n'eftoit, *Paris fine pari ni Venys effer.* Ce que
l'ignorant vulgaire a tourné à rebours, *Que Paris*
eftoit fans pair fi Venife n'euft efté. Le grand Pom-
pée apres auoir franchy tous les perils & les hazards
de la guerre, ne tomba-t'il pas entre les mains de ce
bourreau d'Egypte, qui luy fit abbatre la tefte par vn
Septime & vn Achyllas, qui ne furent iamais cognus
que par cette lâche effufion d'vn fang fi genereux ;
fang qui quoy que pur, fera rougir de honte, & ta-
chera d'vne tache immortelle la memoire de cet infame Ptolomée, violateur du droit des gens. Et l'in-
comparable Iules Cefar, apres auoir dompté trois
cens nations, forcé huict cent villes, & deffait trois
millions d'hommes en bataille rangée, ne fut-il pas
percé de vingt-deux coups de poignards par le traiftre
Cafca & Brutus fon fils ou fon beau-fils, qu'il auoit fi
tendrement chery ? A quoy, MADAME, ne porte
pas ce deteftable crime d'ingratitude, fi odieux à Dieu
& aux hommes, & qui empefte l'ame d'vn venin
de lerne d'vne telle maniere qu'elle fe corrompt entie-
rement par fon poifon, qui luy laiffe à peine quelque
ombre de vertu ou trace d'honneur ? Qu'eft ce qui
obligea l'infortuné Germanicus à fupporter fi impa-
tiemment la mort, que pour auoir efté la victime des
artifices d'vne femme ? C'eft fans doubte ce qui luy

donna matiere d'auancer ces beaux mots, qui meri-
tent d'eftre grauez dans tous les cœurs genereux, *que*
ceux qui auoient porté de l'enuie à fa vertu viuante,
pleureroient fon defaftre apres fa mort. Toutes les
hiftoires ne font remplies que d'actions funeftes & tra-
giques: Mais ce qui nous doit confoler, MADAME,
c'eft qu'apres que ces tyrannies, ces ingratitudes, ces
perfidies, & ces violences ont efté exercées par des
gens nais ordinairement cruels, brouillons & d'obfcu-
re naiffance, on les voit tous perir de mort funefte &
violente; & veritablement c'eft vne chofe tres-rare
que de voir vieillir vn Tyran. Il y a grande raifon &
grande matiere pour confiderer & receuoir toutes ces
difgraces & ces emprifonnemens, non pas comme des
maux & des accidens fi extraordinaires & fi eftranges,
mais pluftoft pour des effets de la Prouidence diuine,
ou bien comme vn Lycée, vne Academie, & vne belle
Efcole, où toutes fortes de gens y apprennent les parfaits exercices de leur profeffion, fous des Maiftres
confommez dans les bons & les mauuais fuccez des re-
uolutions & des viciffitudes du monde. La loy diuine
& la naturelle y paroiffent côme deux illuftres Regen-
tes, qui enfeignent les moyens de triompher du Monde & de la Fortune, & apprennent aux Rois & aux
Princes la mefure de leurs forces, & celle de l'impuif-
fante puiffance humaine, qui ne permet aux mortels
de porter cette fourcilleufe epithete, qui fut jadis gra-

Quos inui-
dia erga vi-
uentem mo-
uebat illa-
chrimabunt
quondam
florentem ac
tot bellorum
fuperfti-
tem.

uée fur le pied deftail de la ftatuë de Iuppiter Olym=
pien, *Puiffante d'eux mefme.* La veritable vertu ne
s'y laiffe point flatter, tout au contraire on l'entend
parler par la bouche d'Alexandre le Grand, qui re-
proche la diffimulation aux Courtifans de fon temps,
qui l'auoient flatté & traitté du nom d'Immortel, leur
faifant voir fon fang genereux couler de fa bleffure,
tout ainfi que de la playe du plus fimple & du dernier
homme du commun. On y apprend les loix, on y ap-
profondit les maximes d'Eftat par les doctes leçons
de Socrates, Ligurque, Solon & Seneque. On y de-
uient extremément fçauant dans les deuoirs qui font
deus tant à Dieu, qu'aux hommes : On y lit que quelque puiffance que puiffent poffeder les plus releuez en
honneur & en dignité, ils ne fe peuuent dire heureux
qu'apres leur mort. On y fait l'efpreuue des parfaits
amis : On y confidere la grande difference qu'il y a
entre ceux du temps d'aduerfité, & celuy de la profpe-
rité. Les enfans de Mars, ceux de Themis, & le braue

M. Marfin.
M. le Prefi-
dent Perraut,
M. d'Alliez.

allié de la generofité, dont le nom quoy que petit bruit
a mené grand bruit, fouffrant fi conftamment la peine
d'vne prifon rigoureufe, fans autre crime que d'eftre les
tres-fidelles feruiteurs de leur Prince, y font admirez.
La fageffe & le iugement du zelé Ferrand y efclatte,
apres auoir tefmoigné plus d'ardeur pour la liberté de
nos Princes, que jadis le grand Eufebe Euefque de
Cefarée n'en tefmoigna pour la liberté Chreftienne.

La

La description de l'amitié parfaite, qui est vne confusion de deux ames tres-libre, pleine & vniuerselle, y est
faite par la sagesse de Charon, qui veut qu'on y souf-
fre les persecutions & les infortunes, & qu'elles y soiét
considerées comme la verge du bon pere de famille,
qui s'en estant seruy pour la correction de ses enfans,
la jette aussi-tost dans les flammes, qui la bruslent &
la deuorent. La Medecine nous y fait admirer vn
Champ, quoy que Platreux, non p'âtré & non plâ-
trant, qui est si fertille & si abondant en toute sorte de
lys & de fleurs odoriferantes & de simples d'vne vertu
si efficace, que l'antidote contre le poison Sicilien, au-
trefois si fort apprehendé pour nos Princes, en a esté
composé. L'art nous y estalle vn chef-d'œuure, non
pas d'vn ouurier du commun, ou de quelque petit
coigne-festu (ie le dis serieusement & sans raillerie)
mais d'vn illustre Coigneux, qui surpasse par l'excel-
lence de son art les fameux Appelles, Phydias, Poly-
clete & Myron, lors que portant son esclattante &
insigne coignée à la racine de ce meschant arbre trans-
planté d'Italie dans le terroir Gaulois, il execute ce de-
cret diuin, *Omnis arbor quæ non facit fructum bonum
excidetur & in ignem mittetur*, tout arbre qui ne porte point de bon fruit sera couppé & ietté au feu : & c'est
par ce coup si fauorable à toute la Chrestienté, & qui
sans doubte luy donnera la paix que ce grand ouurier
a donné des marques & des preuues tres-euidentes,

C

qu'il n'estoit pas moins versé en la science des loix diui-
nes que des humaines. Les Naturalistes nous y des-
couurent les secrets de la nature, & nous font voir que
la piqure & le venin de la Tarentese se dissipe & se
guerit par l'harmonie des instrumens & de la musique,
ainsi que le demon de Saül, qui fut chassé par le son
melodieux de la harpe de Dauid, & l'effroyable sedi-
tion jadis esmeuë entre les Lacedemoniens appaisée
par la lyre du lyrique Terpandre, Poëte Grec, qui ad-
jousta quatre cordes à la lyre. Et nos trois Princes ayant
esté tout recentement mordus & picquez par cette Tarentese infame d'Italie, voicy vn second Orphée, non
pas blond comme le premier, mais brunet, qui paroist
dans le superbe Temple de Themis, & par la douce,
docte & charmante harmonie de son ame, aussi bien
viole en effet qu'il a le nom de Viole, qui viole nos sens
& rauit nos esprits, les remplissant de suauité plus grande que les syrops & les fleurs de viole, il attire & fait
suiure au son harmonieux de sa magnifique viole toutes les voix de ce Temple, que ie puis nommer hardiment le premier mobile de la France, & en forme vn si
agreable & si excellent concert, qu'au mesme temps
nos illustres Prisonniers se trouuent garentis & gueris
du poison mortifere de la venimeuse Tarentese Italienne. On y considere encore (comme hyerogliphi-
que de l'inconstance) le Cameleon, le Polype & le
Tarenda, susceptibles de toutes couleurs, selon les ob-

jets & les especes qui se presentent à leur veuë, *Cha-meleon, Polypus & Tarenda abeunt in colores rei sup-posita*, dit Arist. *lib. de Ausculatione mirabilium.* Mais il est à remarquer que ce Tarente est beaucoup plus puissant & plus grand que la Tarentese, qu'il ne peut souffrir ni l'odeur ni la blancheur des lys, & qu'a l'in-stant mesme que son corps naturellement diaphane en est transparent, il a recours au pauot rouge qui l'endort & l'oblige contre nature d'abandóner la couleur blan-che des lys pour prendre la rouge des pauots, donnant à cognoistre par là qu'il tient du mauuais naturel de la marthe, *quia meliorem partem non elegit.* La nature qui surpasse l'art, & qui a si liberalement auantagé l'in-comparable Duchesse de Chastillon de tout ce qu'elle estoit capable de luy donner, s'y fait adorer par ce chef-d'œuure, le racourcy veritable & de la beauté & de la vertu, puisque sans contredit cette Duchesse, qu'a iuste titre on pourroit qualifier Deesse, fournit à l'Archer Paphyen toutes les flesches & les dards dont les cœurs les plus genereux & les plus fermes se sentent auiour-d'huy blessez & esbranlez, considerable encores par le present magnifique qu'elle luy a fait d'vne boete, non pas remplie de malheur comme celle de Pandore, mais pleine de toute sorte de bonheur, & d'vn onguent si precieux & si odoriferát pour la guerison de nos Prin-ces, qu'elle a attiré & fait accourir à leur liberté les plus genereux Guerriers & les plus celebres Amazones de

la France, *in odorem vnguentorum tuorum cucurrimus,*
de maniere que les Alæryons qu'elle porte, quoy que
leurs aifles foient plus fortes & plus roides que celles
des Aigles, ne portent pas leur vol fi haut que la re-
nommée qui la porte, & qui a porté le Duc de Ne-
mours n'aym'Ours, & ceft illuftre rejetton de la Deeffe
Palas la Princeffe, quoy que palatine, non pas Latine,
mais ennemie de la fourberie & furprife Italienne, à
faire paroiftre la chaleur d'vne amitié & d'vne fidelité
auffi forte pour le falut de nos Princes, que celle de Da-
mon & de Pithyas pour celuy de fon amy. L'œcono-
mie nous y reprefente non pas vn enfant prodigue,
diffipant fi malheureufement fon patrimoine & fa fub-
ftance; mais *O Efau, ô Iacob, ô altitudo diuitiarum,*
vn Ayné employant fa double portion & fa grande
conduitte pour la liberté de nos Princes aux yeux de
V. A. par les regles de la generofité & de la prudence
auec laquelle il eft né, & Ayné auffi bien d'effet qu'il en
a le nom. De tous les exemples, MADAME, qui ont
plus de credit & d'authorité que le commandement, il
refulte que tous les perfecuteurs & les fleaux de la vertu, n'ont iamais paru aux yeux des mortels, qu'a l'in-
ftant mefme Dieu n'ait fufcité les moyens & les caufes
pour les deftruire. L'hiftoire facrée & la prophane en
ont fait voir à V. A. vne infinité d'exemples, qui font
bien voir que la vertu ne paroift que par fon contraire,
& que tant plus elle eft preffee tant plus elle efclatte.

C'eft

*Primoge-
nitius ac-
cipiet om-
nia dupli-
cata.*

C'est ce que la fable nous represente encores par le fu-
rieux sanglier d'Erymanthe & le Minotaure, qui n'ont
pas plustost pris naissance pour exercer leur cruauté,
que voyla vn Hercules, voyla vn Thesée pour les
dompter. Voyla vn Ariadne qui fournit vn ploton
de fil, vray symbole de la Prudence, pour sortir son genereux Thesée, & le retirer des destours du labyrinthe
gardé par ce Minotaure; labyrinthe qui represente vne
prison tres-forte, & de sortie tres-difficille. Et vostre
veritable histoire, MADAME, & celle de Madame la
Duchesse de Longueville Princesse du sang de France,
ont fait cognoistre à toute l'Europe, que vos Altesses
ne sentirent pas plustost le coup si funeste & si fatal à
toute la France, de l'emprisonnement de nos Princes,
vos maris & vostre frere, que vous contribuastes plus
puissamment à leur liberté, que nostre Ariadne ne fit
à celle de son Thesée, par le fil de prudence iointe à la
fermeté d'ame & de constance que vous auez si gene-
reusement opposées à toutes les fourberies & aux at-
teintes du Sicilien, & tousiours agis en Alexandre &
en Cesar dans les expeditions des guerres que VRAI &
Monseigneur le Duc d'Enguien, desia heritier & vray
successeur des vertus & de la haute valeur de mon In-
comparable Prince, auez soustenuës dans Bourdeaux,
guidez par la valeur & l'experience de Messieurs les
Ducs de Boüillon & de la Rochefoucault, comme le
Soleil par son astoille matutiniere. O Boüillon delecta-

D

ble, Boüillon salutaire à nos Princes, & cyguë à l'en-
nemy irreconciliable de la France. O Roche inesbran-
lable, non pas du mont Capharée contre laquelle la
flotte Grecque se fracassa jadis par les artifices de Pala-
medes, mais fameuse Rochefoucault, il m'a esté im-
possible de retenir en cet endroit vn mouuement rai-
sonnable qui m'a insensiblement emporté à congra-
tuler ce genereux Boüillon, & cette roche inexpugna-
ble, qui ont si heureusement englouty & fracassé la
flotte Sicilienne, non moins fatalle à la France que
luy furent autresfois les Vespres Siciliennes, & cepen-
dant que la Chrestienté benira la generosité de nostre
triomphante Ariadne, voicy nostre Heroïne Madame
la Duchesse de Longueville, qui donne encore matiere à toute l'Europe de publier sa valeur & sa constance,
apres auoir si adroictement conduit & terminé la
guerre de Stenay par le courage & l'addresse de Monsieur le Mareschal de Thurenne, aussi ferme pour la liberté de nos Princes, que la Tour dont il en porte le
nom aussi bien que l'effet. Que la fable donc ques cesse
de tant vanter les fabuleuses Alceste & Ariadne, qui
n'ont esté que l'ombre & la figure de nos Triomphantes Princesses, qui ternissent auiourd'huy leur lustre &
leur gloire, & se font considerer de tout l'Vniuers,
comme le veritable mirouër de constance, de fidelité
& de vertu, s'estant exposées si librement, & par vn
courage masle, à tous les accidens & les perils les plus

imminents des guerres & des fieges, pour le falut & la
liberté de leurs Efpoux, & couppé la racine à cette
malheureufe guerre inteftine, qui a coufté tant de fang,
fait verfer tant de larmes, & caufé la perte de tant de
biens à toute la France. Guerre qui s'eft veuë tellement
allumée par le feu de difcorde du defolateur du Royaume, qu'elle eftoit fur le point de confommer & re-
duire en cendre les Eftats de noftre inuincible Monar-
que, fi elle n'auoit efté efteinte par les trauaux qui fur-
paffent ceux de Hercules, par l'admirable conduitte, la
prodigieufe conftance & la valeur fans feconde de nos
triomphantes & miftiques Ariadne & Alcefte. C'eft
pourquoy, Grandes Princeffes, le Senat Areologue
m'a ordonné de vous en rendre mille actions de graces,
proteftant auec toute la France de benir & loüer eter-
nellement vos Alteffes, puifque vous auez obtenu de
fa Majefté, de S. A. R. & de l'Augufte Parlement, la
liberté fi heureufement redonnée à nos Princes, à vn
Heros du fang de S. Louis, fi vtil & fi neceffaire à la
perfonne du Roy & de fon Eftat, qu'il eft maintenant
confideré, ou pluftoft admiré comme le veritable Atlas
de la Monarchie Françoife, s'eftant acquis vne fi haute
reputation parmy les legions Gauloifes & Eftrange-
res, par vingt-cinq places qu'il a forcées, & cinq bat-
tailles rangées, qu'il a gaignées contre toutes les appa-
rences humaines, qu'il peut auffi hardiment que pru-

demment tout oser & tout entreprendre pour le salut & l'augmentation du Royaume.

Mihi cane & Mufis.

www.ingramcontent.com/pod-product-compliance
Lightning Source LLC
Chambersburg PA
CBHW061616180626

46818CB00005B/2098